MW01101650

Merci à Linda Chapman

Cet ouvrage a initialement paru en langue anglaise
chez HarperCollins Children's Books sous le titre :
Delphie and the Glass Slippers

© HarperCollins Publishers Ltd. 2008 pour le texte et les illustrations
Illustrations de Katie May

L'auteur/l'illustrateur déclare détenir les droits moraux
sur cette œuvre en tant qu'auteur/illustrateur de cette œuvre.

© Hachette Livre 2009 pour la présente édition

Adapté de l'anglais par Natacha Godeau

Colorisation des illustrations et conception graphique : Lorette Mayon

Hachette Livre, 43 quai de Grenelle, 75015 Paris

Darcey Bussell

Les Ballerines Magiques

Le bal
de Cendrillon

hachette
JEUNESSE

Voici Daphné Beaujour

Elle vit des aventures extraordinaires !
Pourtant, elle n'a que neuf ans.
Sa passion, c'est la danse classique.
Elle rêve de devenir danseuse étoile…
Un jour, son professeur lui confie une paire
de chaussons magiques : ils ont le pouvoir
de la transporter à Enchantia, le monde
des ballets ! À elle maintenant de protéger
le royaume enchanté de tous les dangers…

À l'école de danse

Le *Cours de Danse*
de Madame Zarakova est
une école extraordinaire.
Daphné s'en rend
vite compte !

Madame Zarakova,
qu'on appelle
Madame Zaza,
est mystérieuse, et connaît
de fabuleux secrets !

Tiphaine et Julie sont
les meilleures amies
de Daphné.
Mais elles ne savent
rien d'Enchantia…

Giselle considère Daphné
comme sa rivale car, sans elle,
elle serait l'élève la plus douée
du cours !

Chez la Méchante Fée

Vers ✳ le château
du Prince Charmant

Le manoir
de Cendrillon

Le lac des cygnes

La forêt enchantée L'île interdite Le château du Roi Souris

Le lac ensorcelé

Les habitants d'Enchantia

Le Roi Tristan, son épouse la Reine Isabella
et leur fille la belle Princesse Aurélia
vivent au palais royal,
un magnifique château de marbre blanc.

La Fée Dragée aide
Daphné à veiller
sur Enchantia.
D'un coup de baguette
magique, elle peut réaliser
les tours les plus
fantastiques.

Le Roi Souris déteste la danse.
Il habite un sombre château,
sur la montagne, avec sa cruelle armée.
Il n'a qu'un but dans la vie :
chasser le bonheur d'Enchantia.

*Un pied en avant, la tête penchée,
Daphné attend que la musique
commence. Elle admire ses chaussons
rouges. Les autres élèves du cours
en portent des roses. Mais les siens sont
spéciaux. C'est Madame Zarakova,
son nouveau professeur, qui les lui a
confiés. Et Daphné a vite percé
leur secret : ils sont magiques ! Dès que
c'est nécessaire, ils la conduisent
à Enchantia, le monde des ballets.
Car la jeune Daphné est chargée
d'empêcher le cruel Roi Souris
de bannir la danse du royaume
enchanté…*

1. De retour de vacances

La main posée sur la barre, Daphné s'applique. Jambe pliée, tendue, posée.

Elle s'observe dans le miroir et essaie de ne rien oublier : menton levé, dos droit, épaules en arrière…

Elles sont dix élèves à faire leurs exercices à la barre, dans la salle de danse.

C'est moins amusant que de danser au centre de la pièce. Mais c'est indispensable !

Madame Zaza, le professeur, passe parmi les ballerines pour

corriger leur posture. Son léger accent russe lui donne un ton autoritaire.

— Le genou en dehors, Daphné ! Plus gracieux, les bras, Giselle ! Attention, Tiphaine, tu n'es pas dans l'axe !

Daphné est heureuse. Elle avait hâte de reprendre les cours de danse. Ils lui ont beaucoup manqué pendant les vacances de Noël…

Le premier trimestre a été fantastique !

« Le mieux, c'est quand j'ai dansé l'Oiseau Bleu sur scène ! se dit Daphné. Non ! Le meilleur

moment, c'est quand j'ai découvert que mes chaussons rouges étaient magiques ! »

D'ailleurs, la fillette s'impatiente… Elle a très envie de retourner à Enchantia pour une nouvelle aventure !

À la fin du cours, Daphné a mal partout. C'est signe qu'elle a bien travaillé ! Par contre, elle trouve que Madame Zaza a l'air très fatigué…

— Tu viens te changer, Daphné ? lui demandent Julie et Tiphaine, ses deux meilleures amies.

La fillette veut d'abord parler à Madame Zaza. Elle rejoint le professeur, qui la félicite.

— Tu as très bien dansé, ce soir !

Daphné rougit.

— Merci, Madame Zaza ! Mais je vous ai vue soupirer, et je me demandais si vous vous sentiez bien.

— Je suis épuisée, avoue le professeur. Je suis peut-être trop âgée pour donner des cours de danse…

— Mais non, pas du tout!
s'écrie Daphné. Vous êtes un
merveilleux professeur!

Quelques cheveux gris ne
changent rien: Madame Zaza est
une excellente danseuse!

— Ne t'inquiète pas, Daphné,
dit-elle alors en lui souriant avec
tendresse. C'est juste une période
difficile. Je fête mon anniversaire
samedi prochain. Un an de plus,
tu comprends… Allons, va retrouver tes amies qui t'attendent!

Peu après, Daphné, Julie et
Tiphaine discutent dans la chambre de cette dernière. Elles sont

assises en tailleur sur le grand lit.
Julie fronce les sourcils.

— Qu'est-ce qui se passe avec
Madame Zaza, Daphné?

— Elle se trouve trop vieille
pour danser.

— C'est n'importe quoi! Elle
ne peut pas abandonner le cours!

— Tiphaine a raison, on ne la laissera pas faire !

Daphné essaie de les rassurer.

— Elle n'a pas dit qu'elle arrêtait. Elle se sentait découragée. Je crois qu'on devrait lui rappeler à quel point elle aime la danse !

— Oui, mais comment ?

Elles réfléchissent un moment. Soudain, Daphné s'exclame :

— J'ai une idée ! C'est bientôt son anniversaire… Préparons un spectacle pour la remercier et lui prouver qu'on a besoin d'elle !

— Super ! On choisit un extrait de quel ballet ?

— *Le Lac des Cygnes*, ce n'est

pas assez joyeux pour un anniversaire, remarque Tiphaine.

— Et pourquoi pas *Casse-Noisette*?

Elles se lèvent en riant, mettent
le CD du ballet et commencent à
danser sur le morceau rapide du
Royaume des Friandises. C'est difficile! Elles perdent le rythme et se
bousculent!

— Si on montre ça à Madame Zaza, elle pensera qu'elle est un très mauvais professeur ! plaisante Daphné.

À cet instant, la mère de Tiphaine appelle.

— Daphné ! Julie ! Descendez ! Vos mamans sont là !

— On doit rentrer, soupire Julie.

— On n'a qu'à chercher chacune de notre côté ce qu'on pourrait danser, suggère Daphné en partant.

Et dans la voiture qui la reconduit à la maison, elle commence déjà à réfléchir…

2. À Enchantia !

Daphné réfléchit encore en se couchant… Et elle réfléchit toujours en s'endormant !

Lorsqu'un bruit bizarre la réveille en sursaut. Il fait nuit noire et tout le monde dort dans la maison. Mais quelques notes

de musique résonnent dans la chambre…

Vite, elle regarde ses chaussons rouges, pendus au bout du lit.

Hourra! Ils brillent comme des rubis!

Daphné a le cœur qui bat à mille à l'heure. On a enfin besoin d'elle à Enchantia!

Elle bondit de sous sa couette et se dépêche d'enfiler ses chaussons. Où vont-ils l'emporter, cette fois? Au grand théâtre, au palais royal?

Elle noue les rubans autour de ses chevilles. Ses orteils la picotent. Un frisson remonte le long de ses mollets, et ses chaussons se mettent à danser!

La fillette pirouette malgré elle et tout devient flou. Une brume multicolore tourbillonne autour d'elle et…

Pof! Daphné atterrit dans une petite pièce sombre. Il y a une table en bois, un tabouret, un

tapis troué et un matelas posé sur le sol.

« D'habitude, mes ballerines m'emmènent dans des endroits plus jolis ! » s'étonne-t-elle.

Elle entend quelqu'un sangloter, derrière elle. Elle se retourne et aperçoit une belle jeune fille en larmes, assise au coin du feu. Elle a de longs cheveux blonds, une horrible robe toute tachée et un châle déchiré.

Mais elle porte un médaillon en or autour du cou !

— Bonjour, murmure gentiment Daphné.

La jeune fille pousse un cri.

— Qui es-tu ? Je ne t'ai pas vue
entrer !

Elle s'empresse de cacher son
médaillon.

— Je m'appelle Daphné Beaujour.

La jeune fille remarque brusquement les chaussons rouges.

— Oh, mais bien sûr ! Tu viens pour m'aider ! Moi, je suis Cendrillon, et j'ai un gros problème… Normalement, je devrais habiter avec mon Prince, dans son château. Mais tout va de travers, et c'est la faute du Roi Souris !

Daphné frissonne de peur. Elle l'a souvent rencontré. Il est très puissant et il déteste la danse et la bonne humeur. Alors il essaie par tous les moyens de faire le malheur du peuple d'Enchantia…

— Qu'est-ce qu'il a inventé, cette fois ? demande-t-elle.

— Il a déréglé le Temps ! Avec mon Prince nous venions de nous marier, quand le Roi Souris nous a invités chez lui. J'ai refusé d'y aller. Pour se venger, il m'a

renvoyée dans le passé. Maintenant, je suis à nouveau servante chez ma cruelle belle-mère et mes méchantes demi-sœurs !

Daphné soupire.

— C'est vraiment affreux ! Mais le soir du bal va revenir. Le Prince et toi, vous allez retomber amoureux.

— Sauf que le Roi Souris m'a condamnée à revivre éternellement le soir du bal ! explique Cendrillon. Je me rends à la fête dans mon carrosse et quand j'arrive, le Temps saute directement à minuit ! Je n'ai même pas l'occasion de rencontrer le Prince, tu

comprends. L'horloge sonne tout de suite et au douzième coup, je me retrouve propulsée ici, dans le passé, au début de cette journée. C'est une histoire sans fin ! Tu vas m'aider, hein ? Ma marraine ne sait plus quoi faire. Tiens, justement elle arrive !

La Bonne Fée apparaît dans un grand éclair de lumière. Sa

robe bleue est recouverte d'étoiles scintillantes !

— Marraine ! s'exclame Cendrillon. Regarde qui est là !

— Mon amie la Fée Dragée m'a beaucoup parlé de toi, ma chère Daphné, dit la Bonne Fée. Tu trouveras une solution, j'en suis certaine.

Daphné s'efforce de sourire. En réalité, elle n'a pas trop d'idées !

« Mais autant ne pas m'inquiéter, se rassure-t-elle. Après tout, ce n'est pas la première fois que je dois affronter le Roi Souris ! »

3. Le soir du bal

— C'est l'heure de te préparer pour le bal, Cendrillon, déclare la Bonne Fée. Apporte ce qu'il faut dans la cour.

La jeune fille prend une grosse citrouille posée dans un coin de la pièce.

Puis elle appelle quatre souris qui sortent d'un petit trou dans le mur. Enfin, elle attrape deux grenouilles dans une boîte. Elle demande :

— Daphné peut venir aussi, Marraine ?

— Pourquoi pas ? Elle sera ta dame de compagnie !

Elles filent toutes les trois dehors. Le soir va bientôt tomber sur Enchantia. Il n'y a pas une minute à perdre !

Cendrillon pose la citrouille, les souris et les grenouilles par terre. Puis, la Bonne Fée lève sa baguette magique. Une douce

mélodie résonne : c'est
ment de la transformatior

La Fée se hisse sur les p
et se met à danser près de sa fil-
leule. Elle valse, pirouette, les
bras écartés comme si elle volait.
Tout à coup, elle s'immobilise.

Du bout de sa baguette, elle désigne la citrouille qui se transforme en carrosse royal ! Les souris deviennent de magnifiques chevaux blancs. Les grenouilles, un cocher et un laquais très élégant.

— À votre tour, mes enfants ! dit alors la Bonne Fée en se tournant vers Daphné et Cendrillon.

Et *pouf !* la fillette se retrouve en longue robe de soie bleue. Cendrillon porte une magnifique robe blanche, avec un voile transparent retenu par un diadème en argent. Elle porte également une délicate paire de pantoufles de verre ainsi que son

précieux médaillon autour du cou.

— J'espère que tout se passera bien, cette fois ! s'exclame la Bonne Fée en disparaissant dans les airs.

Mais Cendrillon n'a pas l'air d'y croire…

Le laquais leur ouvre la portière du carrosse, quand Daphné remarque une immense horloge.

danse

Le cadran en nacre et ses aiguilles noires étincellent sous les rayons du soleil couchant.

— Que c'est beau !

— C'est l'horloge magique d'Enchantia, explique Cendrillon. C'est notre gardienne du Temps.

Quelque chose brille bizarrement, près du chiffre douze. Daphné plisse les yeux, pour voir de quoi il s'agit. Mais Cendrillon la presse :

— Monte, on va être en retard !

Le carrosse traverse le royaume à vive allure. Daphné regarde par la fenêtre.

«Les gens qu'on croise bâillent d'ennui, pense-t-elle. Ça ne doit pas être drôle de revivre tout le temps la même journée ! »

Peu après, le cocher s'arrête devant le château du Prince Charmant. Daphné est émerveillée ! Des guirlandes lumineuses

décorent les jardins et des dizaines de rosiers parfumés entourent le palais. On entend l'orchestre jouer par la porte ouverte. Les invités sont sur leur trente et un. Mais on voit à leur visage qu'ils en ont assez d'être là…

Soudain, l'horloge sonne sept heures. Cendrillon attrape Daphné par la main.

— Attention, ça recommence !

L'obscurité tombe d'un coup, tout se met à tourner autour d'el- les, puis il fait nuit. Les étoiles brillent dans le ciel, la lune scin- tille. Les douze coups de minuit retentissent…

— On a sauté dans le Temps ! gémit Cendrillon. Je n'ai pas rencontré mon Prince, ni perdu ma pantoufle de verre. Accroche-toi bien, Daphné, ça va secouer !

Le douzième coup de minuit résonne. Tout tourne à nouveau autour d'elles, mais en sens inverse : elles repartent dans le passé !

Quand le calme revient, il fait grand jour. Daphné est en chemise de nuit et Cendrillon porte son horrible robe. Le carrosse est redevenu citrouille. Les chevaux, souris, et les domestiques, grenouilles.

— Et voilà ! murmure Cen-
drillon. On est à nouveau au
début de la journée. Ce soir, c'est
le bal…

4. Une question de Temps !

Daphné est intriguée par l'horloge magique d'Enchantia. Surtout par le point brillant, près du douze…

— Ça a peut-être un rapport avec le sortilège du Roi Souris ? Il faut aller voir ce que c'est !

— Mais c'est beaucoup trop haut, dit Cendrillon.

— Pas pour la Fée Dragée !

Daphné décide d'appeler son amie grâce au pouvoir le plus puissant d'Enchantia : le pouvoir de la danse.

Elle fredonne le morceau de la Fée Dragée, du ballet *Casse-Noisette*, et elle s'élance sans hésiter ! Daphné essaie de bien se souvenir de tous les pas de danse de son amie. Elle ne sait encore faire que les *demi-pointes*, mais elle virevolte avec légèreté, puis termine sur une arabesque presque parfaite.

Et *pof !* la Fée Dragée apparaît
dans un éclair mauve !
— Bonjour, Daphné !

Elles se serrent dans les bras
l'une de l'autre. La fée reprend :
— J'étais en train d'espionner
chez le Roi Souris, pour en savoir
plus sur son mauvais sort, mais je

n'ai rien découvert. Et toi, tu as trouvé quelque chose ?

— J'ai remarqué quelque chose qui brille, sur le cadran de l'horloge. Tu veux bien aller vérifier ce que c'est ?

La Fée Dragée sourit. Elle pirouette sur elle-même. Ses peti-

tes ailes s'agitent dans son dos. Et elle s'élève dans les airs !

De loin, Daphné et Cendrillon la voient arracher un objet du cadran. Quand elle les rejoint enfin, elles sont très curieuses !

— Alors ? Qu'est-ce que c'est ?

— Ça ! s'exclame la Fée Dragée en brandissant une chaussure affreuse.

Elle est énorme, couverte de joyaux multicolores, avec un bout pointu.

— Beurk ! C'est la chaussure du Roi Souris ! dit Cendrillon.

— C'est à cause de lui que le Temps est bloqué ! ajoute la fée.

Avec le talon de sa chaussure, il a rayé le cadran de l'horloge entre sept et douze heures. Du coup, quand la grande aiguille arrivait sur le sept, elle glissait directement jusqu'au douze ! Et le soulier était planté sur le douze. L'aiguille se cognait donc dedans, et repartait aussitôt en arrière !

— Ce qui nous ramenait dans le passé, conclut Daphné. C'est très malin !

La Fée Dragée hoche la tête.

— Oui, mais j'ai réparé le cadran d'un coup de baguette magique, et j'ai arraché le soulier. Le Temps a repris son cours normal !

Cendrillon applaudit de joie.

— Ce soir, je vais enfin rencontrer mon Prince !

À cet instant, une fenêtre du manoir s'ouvre en grand.

— Cendrillon ! Espèce de paresseuse ! Monte vite m'habiller pour le bal ! crie une jeune

fille au visage recouvert de ver-
rues.

— J'arrive, Anita !

— Cendrillon ! hurle une
autre jeune fille, pas plus jolie
que la première. Tu es sourde, ou
quoi ? Monte vite me faire les
ongles !

— Je viens, Jacquotte !

— Non, tu dois d'abord me laver les cheveux ! proteste Anita.

— Non, moi d'abord ! se fâche Jacquotte.

Elles commencent à se disputer. Cendrillon s'excuse.

— Je dois y aller, Daphné. Mais au moins, c'est la dernière fois que je prépare mes demi-sœurs pour le bal !

— Tu veux que je t'aide ?

— Je te préviens, ça ne sera pas facile ! l'avertit Cendrillon.

En effet, Daphné n'a jamais autant travaillé. Épiler, coiffer, manucurer, maquiller… Les deux méchantes sœurs sont ravies

49

d'avoir une personne de plus sous leurs ordres. Elles en profitent pour hurler, pester et se lamenter deux fois plus !

Bientôt, six heures sonnent à l'horloge. Elles sont fin prêtes et partent pour le château.

— Ouf ! souffle Cendrillon. Merci, Daphné ! On n'a plus qu'à attendre la Bonne Fée… et je danserai enfin avec mon Prince !

5. Un mystérieux invité

Dong! Dong!

Le carrosse de Cendrillon arrive au château à sept heures tapantes. Daphné frissonne : que va-t-il se passer ?

L'horloge sonne le septième coup et…

Rien ! Pas de saut dans le Temps ! Il n'est pas minuit, leurs robes ne disparaissent pas… Le sortilège est annulé !

— Hourra ! se réjouit Cendrillon. On a réussi ! Viens vite, Daphné : le bal nous attend !

La fête est merveilleuse, à l'intérieur du château.

Dans le jardin, des jongleurs

donnent un spectacle. Les invités dansent dans un immense salon. Des valets passent parmi la foule en proposant des cocktails de fruits frais.

Daphné reconnaît bientôt Jacquotte et Anita, sur la piste. Elles semblent de mauvaise humeur, et écrasent même les pieds de leurs cavaliers.

— Serrez-moi dans vos bras, Julius ! supplie Anita.

— Dites-moi que je suis belle, Adrien ! ordonne Jacquotte.

« Ces pauvres princes aime-raient mieux être ailleurs ! » se dit Daphné en riant.

Soudain, l'orchestre change
de morceau.

— Une mazurka ! J'adore ça !
dit Cendrillon.

Les domestiques du palais
entrent les uns à la suite des
autres au rythme de la musique.
Ils portent des plateaux de nour-

riture qu'ils vont déposer sur les tables du banquet. Puis ils s'inclinent à droite, à gauche, avant de former un cercle, dos à dos, bras levés.

«Voilà ce qu'on va répéter pour Madame Zaza!» décide Daphné, enchantée.

Au même moment, Cendrillon pousse un petit cri. Le Prince

Charmant est là, éblouissant dans sa veste blanc et or !

— Cendrillon, enfin ! souffle-t-il. M'accorderez-vous cette danse ?

La jeune fille hoche timidement la tête. Il passe un bras autour de sa taille… et conduit la valse !

Ils tournent à travers la salle comme s'ils volaient, sans se quitter des yeux un seul instant.

— Et voilà ! se félicite la Fée Dragée en apparaissant près de Daphné. Tout est rentré dans l'ordre.

Daphné admire le joli couple en sirotant un délicieux cocktail pêche-fraise.

Cendrillon rayonne de bonheur !

À minuit, comme il se doit, elle quitte le bal en vitesse, perdant l'une de ses pantoufles de verre sur les marches du château.

Cachées dans le jardin, Daphné et la Fée Dragée observent la scène avec intérêt.

— Mission accomplie, Daphné, chuchote la magicienne. Bravo !

— Oui, mais je ne comprends pas : mes chaussons rouges ne brillent pas !

La fée sourit.

— S'ils ne te ramènent pas chez toi, c'est que tu auras le privilège d'assister à l'essayage de la pantoufle de verre, demain matin…

Daphné est ravie. Elle ne pouvait pas rêver mieux !

— En attendant, je t'invite à dormir à la maison, ajoute la Fée Dragée.

Elle agite sa baguette magique. Une poussière d'étoiles mauve s'en échappe et les deux amies

s'envolent en pirouettant. Tout à coup, Daphné aperçoit une étrange silhouette enveloppée dans une longue cape sombre…

Elle sort de derrière un buisson et se faufile jusqu'à la pantoufle de verre, sur le perron du château. Mais elle n'a pas le temps d'en voir plus…

Pof! elle atterrit chez la Fée Dragée.

« Ça alors… Qui c'était, cette silhouette ? se demande la fillette en se glissant dans un lit rose. Un invité mystère ? En tout cas, on ne parle jamais de ça, dans le conte de Cendrillon… »

6. Encore raté

Le lendemain, Daphné et la Fée Dragée se rendent au manoir de Cendrillon.

Une foule de personnes attend devant la porte ouverte. L'Intendant du Prince est déjà là. Il tient un coussin rouge sur lequel se

trouve une pantoufle bizarre...
et Cendrillon pleure à chaudes
larmes !

— C'est à moi, qu'elle va ! crie
Anita. Vous l'avez bien vu !

— Mais elle me va mieux, et je
vais épouser le Prince ! hurle
Jacquotte en s'emparant de la
chaussure.

Anita la lui arrache des mains.
L'Intendant s'affole :

— Je vous en prie, mesdemoi-
selles !

— Du balai ! grogne Anita.

Et elle le repousse si violem-
ment qu'il tombe par terre !

— Cette chaussure ne va pas à

Cendrillon : ce n'est pas la sienne ! murmure la Fée Dragée. Regarde, Daphné : c'est exactement la même que celle qui bloquait les aiguilles de l'horloge…

À cet instant, un gros rire résonne. Daphné et la Fée Dragée courent jeter un coup d'œil discret dans l'allée. Elles retiennent un cri : le Roi Souris

est là avec cinq soldats de sa garde !

— Je suis vraiment rusé ! se vante-t-il, enroulé dans sa longue cape sombre.

Il sourit, découvrant ses dents pointues, et ajoute :

— Daphné et la Fée Dragée ont cru me battre en brisant mon sortilège. Mais maintenant, le Prince est obligé d'épouser l'une des sœurs de Cendrillon ! C'est encore pire !

— Comment avez-vous fait, Majesté ? demande un soldat, admiratif.

— Il suffit d'être très intelli-

gent! Je me suis caché et j'ai guetté Cendrillon, derrière un buisson. Quand elle a perdu sa pantoufle de verre, je suis allé la ramasser, et je l'ai échangée contre ma chaussure. Ensuite, je l'ai cassée! Comme ça, le Prince ne pourra pas la retrouver, et ils ne se marieront jamais!

— Quel génie, Votre Altesse!

— Oui, je suis génial. Je suis vengé de Cendrillon. Ça lui apprendra à mépriser mes invitations !

Daphné chuchote :

— Oh, là, là ! Cette fois, on est fichu : le Roi Souris a gagné !

— Non, il reste une chance, souffle la fée. Si je parviens à

m'approcher de la chaussure, je pourrai la transformer d'un coup de baguette…

Et *hop!* elle s'envole en dansant vers la porte du manoir. Anita, Jacquotte et l'Intendant sont trop occupés à se disputer pour la remarquer. Mais pas Cendrillon!

— Chut! lui murmure la Fée Dragée.

Trop tard: le Roi Souris l'aperçoit!

— Gardes! Arrêtez cette fichue fée!

Ni une, ni deux: Daphné sort de sa cachette et fait un croche-

patte au premier soldat. Il s'écroule en entraînant tous les autres avec lui !

— Pauvres idiots ! s'écrie le Roi Souris.

La Fée Dragée profite de la panique générale pour toucher la chaussure du bout de sa baguette et…

Elle se transforme en une délicate pantoufle de verre !

Il était temps : on entend un bruit de sabots. C'est le Prince qui arrive sur son cheval blanc !

— Il paraît que vous avez trouvé la jeune fille à laquelle appartient la chaussure, Intendant ?

— Il y en a deux, Votre Altesse. Mais je ne suis plus très sûr, finalement…

L'Intendant hésite : la chaussure vient de changer mystérieusement de forme !

Vite, Anita s'en empare.

— C'est la mienne, Votre Majesté !

Mais elle a beau essayer encore et encore, son grand pied n'en-

tre pas dans la minuscule pantoufle de verre !

— Non, c'est la mienne !
affirme Jacquotte.

Sauf qu'elle ne parvient pas
non plus à l'enfiler. Daphné n'en
peut plus. Elle proteste.

— Menteuses ! C'est la pantoufle de Cendrillon !

Aussitôt, la jeune fille s'avance.
Elle glisse son pied à l'intérieur
de la chaussure de verre. Elle lui
va à la perfection ! Le Prince
ébloui s'agenouille devant elle.

— Cendrillon, ma bien-
aimée… Voulez-vous m'épouser ?

— Mille fois oui, mon amour !

répond-elle, ses yeux bleus pétil-
lant de bonheur.

7. Le médaillon

Le Roi Souris est vert de rage. Il tape des pieds en hurlant. Il n'entend pas Anita soupirer :

— Tant pis pour le Prince Charmant, Roi Souris. Je vous choisis !

— Non ! s'exclame Jacquotte.

C'est moi qui vous choisis, Roi Souris !

Et elle se pend à son bras en battant des cils pour tenter de le séduire.

— Bonjour, mon beau Roi ! On se marie quand ?

Le Roi panique.

— Pitié ! s'écrie-t-il.

Puis il se dégage des bras de

Jacquotte et se sauve le plus vite possible. Aussitôt, les deux sœurs s'élancent à sa poursuite, les soldats sur leurs talons.

Daphné et la Fée Dragée éclatent de rire. C'est une bonne punition pour le Roi Souris !

Elles sont interrompues par le Prince qui claque des doigts. Aussitôt une douce musique résonne.

C'est la valse d'hier soir ! Il enlace Cendrillon et l'entraîne dans la danse. On dirait qu'ils volent, tous les deux !

En arrivant devant Daphné, Cendrillon s'arrête.

— Merci, Daphné ! Merci infi-
niment !

Elle ôte son médaillon et le
confie à la fillette.

— J'aimerais que tu le rendes à
sa propriétaire. C'était ma meilleure amie, autrefois ! Il est temps

qu'elle le récupère. Dis-lui cette phrase de ma part : N'oublie jamais la force de la magie.

— D'accord, mais c'est qui, cette amie ?

Cendrillon ne peut pas répondre : le Prince l'entraîne à nouveau dans la valse. Tous les habitants d'Enchantia les accompagnent, y compris Daphné et la Fée Dragée. La fillette s'amuse comme une folle ! Mais déjà, ses chaussons rouges scintillent à ses pieds…

— Oh non ! Je dois rentrer à la maison !

— On se reverra bientôt, promet la Fée Dragée.

— Je suis impatiente ! Au revoir ! crie Daphné, un peu triste.

Elle pirouette de plus en vite. Une brume multicolore tourbillonne autour d'elle et…

Pof ! la fillette atterrit dans sa chambre. À Enchantia, les heures ne s'écoulent pas de la même façon. Et Daphné se retrouve chez elle au moment exact où elle en est partie !

Sauf que, maintenant, elle serre le médaillon en or contre son cœur. En ouvrant le bijou, elle découvre deux portraits. L'un de Cendrillon, et l'autre de sa fameuse meilleure amie…

Daphné s'exclame :

— Ça alors ! On dirait Madame Zaza en plus jeune !

Elle réfléchit. Après tout, son professeur connaît Enchantia, puisque c'est elle qui lui a prêté les chaussons rouges…

Dire que Madame Zaza était l'amie de Cendrillon, avant !

« C'est extraordinaire ! pense Daphné. Et en plus, je viens de trouver le cadeau idéal pour son anniversaire ! »

8. Un bel anniversaire

Le samedi, Daphné, Tiphaine et Julie arrivent en avance au cours de danse. Elles ont une surprise pour Madame Zaza !

— Joyeux anniversaire ! chantent-elles en chœur en lui apportant un gros gâteau au chocolat.

On vous a aussi préparé une petite danse…

— Oh, c'est trop gentil, les enfants ! Je n'en mérite pas tant !

Les fillettes courent vite se changer. Quand elles sont en tenue, Daphné lance la musique du ballet *Cendrillon*. Elle choisit le mor-

ceau de *la mazurka*. Elle rejoint ses amies au centre de la salle.

Madame Zaza est assise dans son fauteuil. Elle les observe d'un air un peu fatigué…

« Pourvu que mon plan fonctionne ! » se dit Daphné.

Elle est très concentrée. Avec Tiphaine et Julie, elles se sont entraînées toute la semaine… Elle ne doit pas tout gâcher maintenant !

Daphné tient un cadeau enveloppé dans du papier rose. Elle se faufile entre ses amies qui, les bras croisés, font semblant de porter des plats.

Les fillettes marchent pointes
tendues devant elles. Elles se pla-
cent l'une derrière l'autre avant
de se séparer.

Tiphaine et Julie s'éloignent

sur la gauche à petits pas chassés, tandis que Daphné part vers la droite. Elles sautillent, pirouettent et s'arrêtent brusquement sur les *demi-pointes*, les bras levés. Elles repartent vers l'arrière, virevoltent et se repositionnent en ligne, genoux fléchis.

Elles se redressent, reprennent leur procession en souriant. Elles marchent en cadence, le menton haut.

Elles pirouettent à nouveau : un tour, deux tours, trois tours !

Madame Zaza sourit, satisfaite. Elle hoche la tête au rythme de la musique.

À la fin du morceau, Daphné, Tiphaine et Julie s'immobilisent juste devant elle dans un ensemble parfait.

— Bravo! s'écrie Madame Zaza en les applaudissant. C'était très réussi !

— C'est grâce à vous, affirme Daphné. Vous êtes un excellent professeur !

Et elle lui tend son petit paquet rose.

— Encore bon anniversaire à vous !

— Un cadeau? demande Madame Zaza. Vous n'auriez jamais dû ! Je…

Elle s'interrompt en découvrant le médaillon, à l'intérieur du paquet.

— Oh !

Daphné a raconté à ses amies qu'elle avait trouvé le bijou par hasard, dans une brocante. Elle explique :

— Il y a un message, avec le médaillon, Madame Zaza. N'oubliez jamais la force de la magie.

Le professeur la dévisage. Elles partagent le même secret, toutes les deux. Elles connaissent Enchantia et… Cendrillon !

— C'est un sage conseil, Daphné. Je vais m'empresser de l'écouter. Après tout, je ne suis pas si vieille que ça !

Elle bondit sur ses pieds en ajoutant :

— Ce ballet est irrésistible ! Vous permettez que je danse aussi ?

Elle avance d'un pas et pirouette ! Daphné, Julie et Tiphaine la suivent gaiement. Madame Zaza se sent beaucoup mieux !

— Vive la magie de la danse ! s'exclame-t-elle.

FIN

Invitation !

Je t'invite à partager mes précédents
voyages à Enchantia,
le monde merveilleux des ballets !
Rejoins-moi vite
dans mes autres aventures !

1. Daphné au
royaume enchanté

2. Le sortilège
des neiges

3. Le grand
bal masqué

Pour savoir quand sortira le prochain tome
des Ballerines Magiques, inscris-toi à la newsletter
du site www.bibliotheque-rose.com

Comme Daphné, tu adores la danse ?
Alors voilà un petit cadeau pour toi...

Darcey Bussell est une célèbre
danseuse étoile. Tourne vite la page,
et découvre la leçon de danse exclusive
qu'elle t'a préparée !

Ma petite méthode de danse

Le Battement Tendu

Ce mouvement est un grand classique. Il faut balayer le sol de la pointe du pied. Voilà enfin une façon de balayer qui plaît à Cendrillon !

1.
Place-toi en Position de Repos*, main gauche en appui, bras droit un peu arrondi.

* Tu trouveras les six positions de base dans le tome 1 des Ballerines Magiques.

2.

Lève le bras doit sur le côté,
la jambe droite tendue
en arrière, la pointe contre
le sol.

3.

Ramène ta jambe en avant,
puis tends-la sur le côté
en balayant le sol
de la pointe.

4.

Replace-toi en Position
de Repos et recommence,
avant de changer de jambe.

Table

PAPIER À BASE DE
FIBRES CERTIFIÉES

[H] hachette s'engage pour
l'environnement en réduisant
l'empreinte carbone de ses livres.
Celle de cet exemplaire est de :
350g éq. CO$_2$
Rendez-vous sur
www.hachette-durable.fr

Imprimé en Espagne par CAYFOSA
Dépôt légal : février 2008
Achévé d'imprimer : février 2014
20.1738.2/08 ISBN : 978-2-01-201738-2
Loi n° 49956 du 16 juillet 1949
sur les publications destinées à la jeunesse